スーパーノヴァ的な暮らし。
Where is it going, Supernova?

ぱうろ。

文芸社

目　次

移住する未来　ijuusuru mirai　04

晴れの日の憂鬱　harenohino yuuutsu　05

キミという悩み　kimitoiu nayami　09

潮の満ち干き　shiono michihiki　35

不安の配り方　fuanno kubarikata　50

クロスオーバーする時間の中で
crossover suru jikannonakade　61

愛する人(々)へ　aisuru hito(bito)he　76

あとがき　83

移住する未来

Ijuusuru mirai

どれくらいのときが　どれくらいの間
どれくらいの愛が　どれくらいの涙
目の前に空のお皿を並べて　フルコースの愛を待つ未来
目の前の暗闇に身を投げて　繰り返す悲しみを課す未来
空っぽの現在を埋めつくす言葉は　ここにはなくて
物足りない現在を打破する鍵は　ここにある
キミに笑顔をもたらすのも　ボクに虚しさをもたらすのも
現在という時間
遠くまで行かなくても　何かがここにある
それを感じるために　心の中に受け止めるために
またどこかへ移住する
さりげなく　頼りなく　そんなキミの未来を眺めてる
この場所から
あの時から

　　―**移住する未来**―

晴れの日の憂鬱

harenohino yuuutsu

鮮やかな音痴を振りかざして
人生の迷路に迷いこむ
追いかける太陽は手の中にあって
迫りくる夕暮れは足取りを重くする
こんなに天気がいい日なのに
目の前の影に怯えるばかり
途方もなく長い一日がこうして始まる
晴れの日は憂鬱だ

　　―時間の廻り方―

関節の痛みすらもう感じない
何かを忘れてしまったようだ
それは果たしてどのくらい大事なことなのか……
今の自分にとって　分からなくてもいい
声を殺して泣いてみる　誰もいない部屋で
自分の声を聞かないように……
そこに感情はない　それでいい
今はそんな感じで……

実物大模型

今のボクを形成してるモノ
シュークリームと　たこ焼きと　鶏肉
たまに飲む野菜ジュース
毎朝飲んでいるサプリメント10錠
1日2時間の仮眠と　2時間の昼寝
寝る前に見る美しい太陽と
起きてから味わう2時間の喪失感
そこから立ち上がるためのオアシス
深刻な顔をさらりと流してくれる友
楽しみと困難を常にもたらす人類
死にかけた音のロックンロール
足りないものだらけ　挙げればキリがない
でも　それゆえに楽しい
刺激がなさ過ぎて

　　―**自称病人**―

まぶしすぎる太陽をさりげなく
余裕がないと分かっててもさりげなく
公式に当てはまらない人生でもさりげなく
目標以上の現実とさりげなく
考えることと逃げることをさりげなく
焦燥感と劣等感もさりげなく
横目に光を入れつつもさりげなく
親も友も幻想の向こうでさりげなく
恐れも怯えも寒さもさりげなく
プライドも行き先もさりげなく
捨て去ってしまってさりげなく
似てるよ　みんな　大丈夫　そう
一緒においでよ　さりげなく

　　　―底辺駆ける高さ割る似―

キミという悩み
kimitoiu nayami

ありがとうが言えない朝でも　ごめんとは言える
悲しい気分にさせちゃうけど　ボクにはその方がいいみたい
次の夜が来るまで悩み続けて
キミの事だけ考えてさえいれば
陽に溶けてしまうことはないから
もう心配しなくていいよ　この時をずっと待ってたんだ
どんな言葉もいらない
今は涙が涸れ果てて　感情をうまくコントロールしきれないけど
代わりに何かを見つけるよ
だからワザと冷たくするのはよそう
その自然さが好きだから
溶けて跡形がなくなってもいい
盲目にさせて
この世の何もいらないから

　　―氷のカタチ―

格好の悪い言葉　無理して搾り出してくる
時間(とき)に反して
不格好で　不器用で　気取ったフリ
特に深い意味もない　でも嬉しい
受け止めてくれる人がここにいるから
たとえ一人でも　それだけで充分だよ
だってきっと
キミがこの言葉の価値観を変えてくれるって
信じてるから　いつも
いいところも悪いところも知ってる
だからこれからも
わざと格好悪くいこうと思う
そんなキミが側にいる間は

　　―格好の悪い言葉―

そろそろ戻ろうか：色の無い世界へ
ドロップアウト：視界から溢れた
目も眩むような勢いで：目移りする欲求と
自由だと思った世界：そこに蔓延る堕落
色なんていらないの：迷いを断つため
もう一度枠にはめ込んで：加速
気にしなくていい：一点を見ているだけで
色など必要ない：この世界では
この視界において：自らに課した課題
見えなくなってもいい：キミだけがカラーなら
他に何が要るというの：今滑り落ちながら

　—色の無い世界—

光を掻き集めて　つないだ手
今だけの幸せを　離さない手
戻らない手　もどかしくて
少しだけ苦くて　不器用な手
曲がりくねった　苦し紛れの手
迷わないで　差し伸べる手
キミを待つ手
血の気が退いたひ弱なテ

　　　―テ―

言葉の出だしに　つまずいてる
縮まない距離　埋まらない寂しさ
考えれば考えるほど　嘘の塊しか出てこない
守るものを探しあてたとしても
ちょっとだけ損してる
ちょっとだけ見失ってる
導かれるように　ゆっくりと
この優しさの中へ　落ちていく
画面には何も映らない
目を見開いて　今
光を灯しておくれ
ボクにも見えるように
この大きな嘘を見破って
嫌いになるくらい
愛しておくれ

　　―**箇条書き**―

クローンの技術で生まれたハートは
堪えきれないあなたへの想いにうちひしがれる
街が僕らを呼んでいる
今足りないものを明日捜しに行くなんて無理
もう少し早く出会えていれば
こんな気持ちにはならなかったのだろう
ただ今は　このシグナルの受け方に戸惑っているだけ
声が聞きたい

　　―シグナル―

キミの勇気と　ボクに足りないものを捜しに
今旅に出る
モザイクの奥に潜むのは　本心？　タテマエ？
どれほどの嘘を重ねれば　振り出しに戻れるのか
どれほどの言葉を交わせば　そばにいれるのか
中和できないその優しさと　ここにある鋭利なハートが
埋めきれない隙間を作ってる
もしこの場所でダメなら　もう終わりかもしれない
でもこの終わらない言葉を　ここにすべて置いていけば
キミは気付いてくれるかもしれない
このつながらない想いに

　―床の上の画鋲―

昼も夜も
見てる　今日も
キミの横顔だけを
声の魔法
前よりもずっと　今よりもずっと
やがて消えていく　今だけの幻
見つけなきゃ　追いつかなきゃ
その距離感　拘束感
感じなくても　素敵な自分
透き通った心
入っておいで　閉じてないで
この星の下　同じことをした
変わった　さりげなく
夢の中から　抜け出して
ゆっくりと　今

　　　　―プラネット、繰り返し―

昨日も　今日も　明日も
見えない努力で支えてくれる
尊いこの気持ちと優しい瞳で
同じように　何もないように
温かい陽の光をうけて眠る午後
素直な気持ちを捨て去って以来　ここを吹き抜ける風は冷たい
差し込む光を　受け止める自信を
寂しがり屋の替わりに　ここに全部置いていくつもり
拾い集めて　どうしようとも
反射させる鏡くらいにはなるよ
使い方は好きにして
ボク自身ではもう　輝かないから

　　―温かい陽の光―

朝の光　太陽の光
水の中で　一日の長さを感じる
こんなにもある"時"の中で
人はどれほど　満たされたいと願うのか
一瞬　一秒　一日の　積み重ねが　ボクなりの愛
月はまだ輝ける　そう

　　―冷え性の足―

涙にウソはいらない
笑顔にウソは似合わない
キミのウソを全部食べ尽くしてしまいたい
おなかは壊すかもしれないけど

　　―お土産―

１メートル先の月と　１マイル先の星
濁った水の中から見る景色　夜空
言葉の力にひたすら翻弄されてて
中途半端にダメになってる
ここにいる人間は　所詮月であって
太陽みたいなキミのように
光る術を知らない
だから必要とする人間がいる
それは必ずしもキミではなくて
キミ以外の他にはいない
今は少しだけ頑張って　生きてるつもり
実感はないけど
言葉が出ない　言葉はいらない
夜という一時だけでも　輝ければそれでいいのだから

　　―１メートル先の月と、１マイル先の星―

特別なあなたが　知らなくていいことと
特別なあなたに　知っていてほしいこと
今は言葉にできなくても　解ると思うよ
ボクが消えてなくなるとき　そのときに
ただの1秒でも　この想いが届いてほしい
新しい夜明けと　今だけの寂しさに
特別なあなたと　大切なあなたに
大好きなあなたと　大嫌いなあなたに

　　―ふたり―

キミを疲れさせてるのは何
キミを神経質にさせるのは何
キミをつないでいるのは何
キミをダメにしてるのは何
キミが頼ってるものは何
キミを支えてるものは何
キミが感じる幸せは何
キミが好きなのは何故
ここにいたいのは何故

　　―消化不良―

今書くことがすべてウソに思える
そんな時でも
キミの言葉だけは真実
キミの言葉だけがここにある現実
中途半端なボクは　その言葉の中でしか生きられない
キミのその存在だけが　今の生きてる"しるし"
導く光
誰のためでもない
すべてはここにあるもの
今書いたことがすべてウソだとしても

　　―かつら―

雨の中　キミを追いかけてた
少しだけ暖かくなれた　少しだけ
雨の中　月を捜した
少しだけ近づけた気がした
雨の中　ひたすらペダルを漕いだ
その涙で川が氾濫した
雨の中　一人立ちつくしていた
もう一人きりじゃなかった
雨の中　キミを捜してた
雨の中　キミを見つけた

　―雨の中―

吹き抜ける風　輝かない太陽
流れ出る涙　疲れ果てた努力
前が見えないのなら　見なくていい
その横に辿り着きたいと願うだけ
後ろなんて気にしない　フリ
きっかけなんていらない　何もない
今は踏み出す勇気がほしいだけ
苦しいなら　闘うのをやめるだけ
逃げられなくても　受け止めるだけ
いつでも悪者になるよ　一度だけ
いつも気にならない　フリ
嫌なことを引き受ける役目
犠牲になるのがボクの役目
傷ついたって構わない
だってキミにはもう　何度も傷つけられてるから
ありがとう　怖いよ

　　　―1カラット―

迷ってる　今は
悩んでる　少しだけ
答えに変わりはないけど
時間という力が　ここからどう動かすのか
状況に身を任せたい
どのような結末も　ただ素直に受け入れるだけ
今のボクにできるのは　それだけなのかもしれない
怖くないなんてウソ　何もかもが怖い
でも信じたい
この気持ちにウソはないと

　　　―**素直**―

見えなくていいものと　見なくていいものが
ごっちゃになってて　今は立ってられない
涙も流せない　感情はもう必要ないから
何もいらないし　何も与えないし　消えたい
ただ消えたい　消し去りたい　この存在
その存在　今はもう　大嫌いになりたい
なれないんだけど

　　　―**カキオキ**―

紡ぎだす言葉に迷いを感じたならば
少し休もうかと思う
でも今は一点の曇りもない
会えないときや　会えない時間の分だけ
濁りのない感情を手に入れる
響かないならそれでいい
届かないならそれでいい
埋まらない距離も気持ちも
苦しいけど　悲しいけど　今は平気
そこを理由にして頑張ってる自分が好きだから
離れれば離れるほど
寂しさと強さを手に入れる
今はその使い方にただ困ってるけど

　　―ここからそこまでの距離―

今現在　キミという人間は
この世に一人しかいなくて
キミという人間を必要としてる人は
この世にたくさんいる
でもキミという人間が必要としてる人は
一人しかいなくて
キミという人間に必要とされない人間が
ここに一人いる
今はどう頑張っても　そこまで辿り着けない
それならそうで　もうこの世に用事なんてない
それくらいここには　必要としている人間がいる
キミという一人の人間を
すれ違いの中に　苛立ちを覚えて
それをどう呼ぶかは知らないけど
ボクは恋と呼ぶことにする
気付かないのかどうなのか
キミの意識と交錯することのない　この現実
鈍さと苦さの中で
今日もその一言に振り回されてる
それでもそれが　今は好きなんだけど
すれ違いの中に　苛立ちを覚えて
それをどう呼ぶかは知らないけど
ボクは恋と呼ぶことにする

―届かない、けど辿り着きたいすれ違い―

眠れない深い夜に　待つのは
電話の着信音と　キミの言葉
怖いのか　ただ単にバカなのか
意地張ってる自分がここにいて
淋しいのに　ただ笑ってみせて
苦しいのに　今は幸せだと言う
ウソに決まってんじゃん　って苦笑する
もはや笑えるレベルの洒落じゃないけど
だからこそ
淋しさを顔から消して
苦しみを幸せだと言う
そしてキミのことを大嫌いだと言う
それで自分を満足させようとする
そうしてここまで歩んできたのだから
嫌いになろうと思えば思うほど
逆なんだけど
だからこそ
淋しさを顔から消して
苦しさが活力源とか言う
そうして待つのは今夜も
そのベルの音
もう手遅れなくらい　好き
一番近くにいるキミのこと
今の苦しみはエネルギー
今の苦しみは幸せ

次会うときも　大嫌いと言って　笑うよ
きっと

　―筒状の手紙とさよなら―

かけられる期待は　思いっきり裏切りたい
向けられる視線は　思いっきり無視したい
外野のことなんて　ちっとも気にならない
見える範囲の幸せの　何が悪いというの
そんな生き方しかできない不器用さが
この人の　この人たる所以
だから今　新しい何かには目もくれないで
キミの期待を思いっきり裏切らせてもらうよ
ただ　この中にある　現実と向き合いたいだけ
その想いと　真っ正面から向き合いたいだけ

―コースターの中のトースター―

自分だけの言葉　愛の言葉
いっぱい詰めこんで　この胸に
それが何か今はわからなくても
いつの日か気付くのだろうと
何を想えど　何に迷えど
この即席の盾と前に進む
何も見えない　何も要らない
だって輝かない月も　星も
この世に一つでいいのだから

―ペーパーバッグス、オン・ザ・トラック―

飾らない言葉を　いっぱい飾る
怒ってる時に　少しだけ微笑む
嬉しいことを　ひたすら隠す
他人事だから　自分を責める
見えない努力を　見せて涙する
打ち寄せる津波に　心洗われる
消え去らない悲しみを　殺す
何もかもを受け入れたくて　許す
自分らしさは　貴方から貰うもの
近くにいたいから　離れようとする
好きだから　大嫌いになろうとする
飾らない言葉を　めいっぱい飾る
見つけて欲しいから　心を隠す
痛いから　もっと近づきたい
怖いから　もっと先が見たい
貴方はいい人　憎いのは自分
何もしないのが　平和の秘訣
だからこそ　戦争を起こしたい
傷があるから　塩を擦り込む
わからないから　何も聞かない
いつだって　悪者になれる
飾らない言葉を　そのまま言う
弱い人間だから　いっぱい強がる
一人で生きてやるよって
貴方の優しさはもう要らない

好きだから　必要だから
欲しいから　待ち続ける
痛いから　もっとイジメナサイ
言葉は伝達手段　もう要らない
聞こえないなら　返事が欲しい

　　　―嫌いになりなさい、殺してください―

帰りたくない　その続きを夢の中で
現実に求めるはキミの影
声にならない感情はしまいこんで
そこにはリアリティがないけど
正反対のベクトルが作り出す
キミとボクの関係は　どこか不思議な引力
戻らないし　進まない
でも近くにいたい　この先ずっと
何だかわからないけど
たまにははっきり好きだと言いたい
必要だと言いたい
そんな気もする

　　　―×１０の腕力―

どこまででも飛んでいけそう
この翼が一緒なら
どこまででも落ちていけそう
この翼が一緒なら
天使の横で　キミのそばで
ずっと見てる　そのままのキミを
天使の姿を　守りたい

　　―**天使の横で**―

誘われるがままに
闇夜に閉じ込められる
無知でも未知でもなく
月に立とうなんて思わない
ずっとそばにいられるのなら
絶望なんて怖くない
息は長くないけど
見失うものもない
期待は裏切り続けよう
足元がどんなに暗くとも
眼を瞑って
まっすぐ進むだけだから
変化球は投げないよ
もう

　　　―クレーター―

でたらめに言葉を並べたあと
愛してるだけが言えなかった
もう一生言葉が喋れなくて
この先後悔してしまっても
その言葉はその時だけのもの
過去は涙で流せても
現在(いま)は涙の渦中(なか)にある
愛してるのも　愛してたのも
相応しいのはこの人だけ
ボクはそう言う
少し道に迷ったあとで

　　―ありがとうも、さよならも―

謝るなと言われても　謝るよ
ごめんねと言って　ごめんね
ありがとうをくれて　ありがとう

　　―言葉＝オモイ―

潮の満ち干き
shiono michihiki

ボクは忘れてしまったよ
自分という存在自体を
悩みなんてちっぽけなモノ
吸い寄せられる美の力
ここは夢の果てか？　それとも地の果てか??
無常の世界　終わりなき旅
ここは始まり
答えは分からないけど　前に進もうと思った
何が正しいかなんて　後からついてくる事実でしかない
気にしない　気にならない
そんな日でもいいじゃないか
たまには

―"起分"転換―

少しの喜びと亡霊たち　不確かな存在感
少しの喜びと見たことのない人　危うさと心地よい春の風
少しの喜びと人の煩わしさ　忘れかけてた何かを思い出す
少しの喜びとお酒　ボクをダメにしている
少しの喜びと少しの怒り　自分の道を惑わしてる
少しの喜びと少しの寂しさ　人を強くする
少しの喜びと皮肉　結局は自分にぶつかる
少しの喜びとリアムの声　異次元の快感
少しの喜びと大粒の涙　悲しみは乗り越えるもの
少しの喜びと足りない時間　足を地につけて
少しの喜びと……
もっとシンプルに
難しくはないよ　きっと

　―少しの喜びと―

見るものすべてに心通わせ
いつからか通らなくなった道を行く
歩むことを避けてたあの道へ
足元に纏わりつく雑草と　暗くて出口の見えないトンネル
冷たく湿った空気がそこらじゅうを支配していて
芯から冷え切ったそのカラダと　頬をつたう一筋の涙と
ライターのガスは底をつきそうで
ボクは思わず立ち止まってしまった
でも自分の足で歩み続けるしかなかった
残された道　自分の力を信じて
見るものすべてに呼吸を感じて　その傷ついた裸足で
一歩踏み出してみる
忘れかけてた感覚　取り戻せそうな予感
何も急いで進むことはない
次の一歩がまだ怖いままでいるのだから
見るものすべてに怯えないで

―見るものすべてに―

朝のにおい　夜露の感性　低い体温
手を解いたあの時から　電波が届かない
もし自分で　もしも自分が
今から埋めていくモノ　ココロに
さっきから何も変わっちゃいないけど
ただ変わってほしくないだけなのかも
夢で済めばそれでいい
もう見たくない夢だけど
現実の境目
もし見えるなら　もしも見えないのなら
あの時の自分に聞いてみたい
なぜ泣くのかと

　　―もしもしも―

格別な想いに寄せて打ち返す波
今晩はひどく疲れ果て足は棒のよう
ぬるま湯に長い間浸かって心を癒して
落ち着く先には集う想い
自分が思うほど自分は強くない
強くなることを邪魔する迷い
泣くのを拒んで進むのはよそう
今こそ前に進むだろう
これが最後と知りつつも

　　　―最後の行からの質問―

15時の憂鬱　サングラスを通して見る青い空
今日死んでも　明日死んでも　きっと後悔はしない
なぜなら一生満足しないから
最果ての夢を捜しに行こう　絶望の淵まで落ちてみよう
今よりマシであるならば
誰にも邪魔されず　誰かに邪魔してほしくて
もっと深みに嵌ってく
時間を止めたまま
通り雨　月の影　さよならの果て

　　　―眩暈、立眩、水道水、くるり―

ここにいないのはキミだけ？
ここに足りないのは安息だけ？
ここに見えないのは愛だけ？
ここにいれないのはボクだけ？

　　―ストレンジ＝クレイジー―

やさしさだけ……
この雑然とした部屋で　見つけられないのは
やさしさの分だけ……
不器用になっていく　本当の自分を隠したくなる
見えなくなっていく
やさしさをくれただけ……
もう何もいらないよ　あんまりやさしくしないでなんて
その度に辛いから　その度に正直になれないから
これ以上……
何もいらない　その存在価値だけでいい
まだ見ぬキミは
もうこの中にいるらしい

　　―一分のやさしさ―

どうしようもない間の悪さ
ここからそこまでの間
キミと　埋められない隙間
ただ過ぎてくだけの時間
虚しさという名の空間
埋めたかった　その間
もう終わった　この間
忘れようと　時間　実感
埋まらない　この隙間
気付きもしない　孤独感

　　―間―

何にもないような朝の　何ともないコトバから
始まったり　終わったり　喜んだり　沈んだり
その一言で　ボクの人生が変わってしまう
同じように　キミ自身の中にも　ヒビクコトバ
ココロが見えても　コトバが邪魔な壁となる
もっと正直に届いて欲しい　素直に届けたい
でもそうはいかないもの　なぜ強がるの？
痛みを知って初めて　それが届くのかな
なんて適当に並べるだけの　そんな一言
強がりのコトバ　受け手は誰一人としてなし
何一つとして　見逃さないように　それだけ

　　―コトバ―

切り詰めても　追い詰めても
何も変わりやしないなんて
均衡のとれないこの世界に
特に用事はないみたい
何でもいいなんて　絶対ないけど
もう苦しむのは嫌
もう悲しむのも嫌
もう悔しいのも嫌
貧乏くじを引いて　不幸せを実感する日常に
目の前から消えてくばかりの　かすかな灯火
こんなのもう嫌
単純な幸せが欲しいだけなのに
それ以上望まなくても　その足元にも到底届かない
これまで歩んできた全てを否定して
ここに居場所がなくなっても
ウソがつけなくなる自分の姿を　そっと見ていたい
もう誰も演じない　この邪悪な心にいる創られた善人たちを

―その優しさ、有り難く頂戴致しません―

素直になれないとき
ひたすら嘘を並べて遠ざかりたくなる
見たくないものと聞きたくないことと
溶けそうなバイブルを片手に
解けないその仲に
距離を感じる
今日だけの　その瞬間に
眼を閉じても何も変わらないことに
素直になれないとき
人は嘘をつく
それが嘘だと認めてほしいから

　　―素直になれないとき―

ドーナツの穴から見るオリオン座
ドアの隙間から吹き込む冬の風
白熱球の下で舞い上がるホコリ
彼女の"愛"という名の防護壁
小さな穴へと流れ込んでく排水
撃ち落とされるミサイルと信頼感
目の前にある３月危機と遠い国
転勤　転属　卒業　引っ越し
英雄になんてなれない高笑い
待たれ　さり　穴
残るのはキミへの想いと淋しさだけ

　　―**待たれ、さり、穴**―

いつだって無意識の中にいる　そんな幸せの型
今必要なのは　忘れかけてたそれなのかもしれない
意識してしまうことが　ただ痛みを産んで
苦しんで
空気のような存在
求める先にあるモノ
古くからの友のように
ハートの型をした恋人なんていらない
すぐ壊れちゃうんだから　どうせ
無意識という意識の中を生きていたい
だからもう一度ゼロからはじめてみる
昨日の涙ですべてを洗い流した
そして無になった身体に染みわたる
毎日　少しずつ　そして着実に
信じるモノが増えていってる
この感覚だけを意識してる
そんな今が楽しい
そんな今がハッピー
見えなくなってた　やっと見つけた
かなり遠回りだったけど
この感触　見失わないように
このまま気ままに進んでいきたい
ゆっくり　じっくり

―見えなかったモノ、見つけた―

ありったけの優しさと　狂気を見せたとき
この中のキミが　現実になる
手探りで見つけだして
その暗闇から　早く
見える範囲の満足は
感情の邪魔
凶器も狂気も
今は自分だけのモノ
誰も受け止める余裕なんてないのだから

　　―キョーキ―

鳴らない電話　鳴らさない電話
必要な言葉　要らない言葉
届く想い　届かない想い
動く勇気　動けない弱気
繰り返す失敗　過ぎ行く存在
伝えたい気持ち　邪魔なだけの口
必要な存在　利用される存在
繋がる歓喜　離れ行く狂気
必要な存在　形のない現在
いつまでも消えることのない存在
いつの間にか無くてはならない存在
言葉のない海に混在する存在
犯してしまった罪
時間を超える感情
強くなる意思　弱くなる自信

―昨日の夢、明日のズレ―

電波を拾って　少ない支点を支えて
倒れないように
無駄に骨折って　余計に草臥れて
輝くように
発見して　失望して
好きなように
近づいて　また離れて
気付くように
仮面の裏で　いつものように
心を眺める
掻き集めた電波で　苦しみを売って
愛を覚える
回り道の途中で　光を見つけて
追いかけていく
足跡は消さないで　一瞬を積み重ねて
恋の仕方を思い出そうともがく
奔走して　妄想して
幻覚から現実を取り出す
そう
今見てるのは現実

　　―赤ワインと唇―

不安の配り方
fuanno kubarikata

ビタミン剤は一日一粒
ややこしいことはもうやめよう
とりあえず海を見てみよう
現実から目をそらさないで
お金は誰も守ってくれない
核エネルギーに身を任せて
この世が終わってもボクは死なない

　　―**不安の配り方**―

怒りの向かう方角
いつも同じ
入口は違えど出口は同じ
そう　いつも同じ
力の抜けた瞬間　導かれる
蹴っても殴っても何も変わらない
自分だけが損してるように思えるだけ
衝動的な怒りは結局
悲しみの表現でしかない
まだ癒えてない
それを誰にも言えてない
言わなくて良いことなのかもしれないけど

　　―レガシィ―

限界線を見た　途方もなく
同じ言葉を何億回と聞いて
その度に涙する
連想ゲームな毎日
踏み出せない　あと一歩分の距離
接触を意図的に避ける
いつからか　人間が嫌いになってしまったかのように
最近
まともに寝た覚えがとんとない
ちっぽけなこの脳に　フランジャーをかけて
現実を見ないようにしよう
歪んだ事実だけなら見てられるから
それでいいんだ　きっと

　　―エフェクト―

くどいぐらい黄色い太陽の下
目的を間違えて成長してしまった摩天楼の中
ボクは何だか気分が悪くなった上
キミの存在を見失った
項垂れる暑さと目も眩むスピードと
人込みで色彩を失った目　エアコン風邪の肌
免疫力が足りなくて　毒に冒されてしまった手
どこから始めよう　今足りないもの
満たす必要があるの　それとも
シグナルを受け止めて　汚い人間になる
モノクロームなメトロノーム達
あともう少しだけ　のぞいていたい
この街並みを　そっと

　　　―モノクロームとメトロノーム―

向き合って　闇と　光と
耳に入る音に　目が泣く
余計なことを余計に考えて
初めて意識が頭を過る
飛んでいって　掴まえて
ずっと昔から　ずっと遠くまで
一度でもまともに話せたら　少しは違っていたと思う
始まってもないのにもう終わり？
先人の世界に向けた偉大なメッセージより
今は半径５ｍのことを歌った言葉を信じたい
そこらじゅうが真っ暗で　何を見てるのかと
今はそんなとこ　愛を抱くことの意義と定義
感覚がない　覚えてない　知らなくていい
飛べなくてもいい　消えてもいい
この苦しみが消え去るのなら
でも　やっぱりここにいたいだけ
今はそれだけが生きてる証明

　　―証人プログラム―

自分の言葉が嫌い
自分の言葉が怖い
自分の言葉が痛い
気付かせようとしてる
今のままじゃダメなんだって
最近　自分がどんどん別人になっていくのが解る
コントロールできないような速さで
たぶん　この口から出てくることの殆どが
本当は言いたくなんかないことなんだ
最近　いっぱい涙を流してる
必要な量が判らないまま
最近　無駄に愛をばら撒いてる
必要としてくれる人がいないから
最近　自分が大嫌いだ

　―**最近**―

雨を感じる夜　水溜りに飲み込まれる嘘たち
少しだけ背伸びして　破片を拾い集めて
もう飛びあがることのできない翼を築きあげる
わかっていても　空で暮らそうとするこだわり
雨を感じる夜　水溜りに映りこむ亡霊たち
差し伸べる手は　そこまで届くかわからない
でも変わらない
その感覚　その感触　その間隔　その想い
雨を感じる夜に　また一人
淋しさとかいう奴に殺されそうになる
この雨もまた冷たい

　　―アメヲカンジルヨル―

あの気持ちはもう戻ってこないの？
光を拒絶して閉じこもるココロ
どこかで踏みはずした道の上で
無駄な涙と弱音を創りだす
これっぽっちも感情のない涙を
見失った目的意識と目標を
身体に溜まったアルコールで中和する
仮面の上から信じてあげる
仮面の上から微笑んであげる
この中はもう何も信じられないから
幸せに悩める人類を恨めしく思う
今日もまた一人敵を増やしてる
淋しくて　ただ淋しくて

　　―アメリカの敵―

左手からこぼれていく幸せと
右手からこぼれていく幸運と
口を滑らせないように　消えていく言葉たち
放たれた弾丸は　戻ることを知らない
途中で止まれても　軌跡は変わらない
奇跡なんて信じない
日々　何を積み上げていけば良いのか
完全に見失ってる
誰もが　見当違いの　当たり前のことしか言わなくて
ただ疲れが増していくだけ
現実を逃避する方法なんて
捜せばいくらでもあるけど
自分の信じた道は一つしかない
それも今は信じられないのかもしれないけど
誰かがくれた言葉の中に　ヒントを捜す
早く立ち上がりたい気持ちと
自分に正直でいたい気持ちが
大喧嘩
結局　何もできない自分　何も手につかない自分
何も変われない自分　何も変えられない自分
正直に　もっとバカを見ようか
それくらいがちょうどいい終わり方だから
どうやってここから消えるか
その方法だけを捜す方が
今は楽なのかもしれない

もう一度意味が欲しいけど
ここにいる意味

―運命論者―

憧れに手が届かなくて
憧れに満たされた人間を嫉む
僻む　そして自分を傷つける
何も変われないその情けない姿に
四六時中　つながっていたくて
誰でも　とにかく
ウソだとわかっていても
必要な人間だと言われ続けていたい
自分の生きてる価値が見えないから
もう少しだけ生きていたいから
この場所で

―憧れ―

悔しさも　悲しさも　淋しさも
強がりも　痛みも　儚さも
愛しさも　恋しさも　苦しさも
どうしようもない　この夜の長さも
できるだけ涙に詰めこんで
すべて洗い流してしまおう
どれくらいか　長い雨の止んだ後
見たこともない朝と　虹と　光と
昨日のつづきのキミが始まる
昨日より少し優しくなったキミの

　　　―**昨日の続き**―

クロスオーバーする時間の中で
crossover suru jikannonakade

人と違うことをする為に力を使い果たして
人込みに紛れる
本当の自分　誰も知らない　ボクも知らない
希望の光も一瞬で消えた
輝く光には素通りされた
影だけが今も心を蝕む
決して暗い場所にいる訳でもない
むしろ明るいと思う
無理しても　強がっても
何でもいい　もう
ただ　何となく進むだけ

　　　―オーバータイム―

涙を流す意味を見つけた　こんな雨の日
新しくなった自分に気付いた　いつの間にか
脈の音に己の死期を感じ　暗闇に己の姿を見失う
誰も手を差し伸べてくれない　そのことに気付く
さっきまでの雨が　今涙に変わる
BBSに救いを見出し　メル友に殺されそうになってる
世界は思った程広くないみたいだ

　　―世紀末テスト―

低い雨雲の下で　陽の暖かさも忘れて
夢中になれることを探して
今日という一日は通過点でしかなくて
前も後も見る必要なんてない
今の自分が好きであるのなら
特別で平凡な自分が好きであるのなら
急ぐことなんてない
生きてる実感を肌でしっかり受け止めながら
もっと今の自分を好きになる　それは簡単なこと

　　―迷える魂に―

ここにいること　ごく自然なこと??
止まった空気を　流れる時間に乗せて
さよならを言おう　さりげなく
それですべてが済む訳じゃないけど
今より少しは居心地が良くなる筈
ここにいることが
儚さと　嬉しさと　愛しさと
また共存していきたいな
ここにいる間は

　　―Be Here Now―

気付かないのか　気付くのが遅すぎたのか
探すものはそこにあるもの　いつも近くにあったもの
見えなかったのか　見たくなかったのか
求めるものは高すぎて　何も変わっちゃいない
もう一度思い出して　自分の手を信じてみようよ
気付かないのか　気付くのが遅すぎたのか
見えなかったのか　見たくなかったのか
考えなくても考えても気になるのは
フツーって一体どういうことなんだろう
キレイゴト

　　　―**基準値ゼロ**―

ゆっくりと今　蝕まれていく　暗黒の大地
戸惑いも　迷いも
一つにまとめて捨て去ってしまおう
今までのキミと　これからのボクらに
見つからない言葉の終わりを探すより
キミが好きな歌を　半分聴かせておくれ
今はそれで十分だから

　　　―**磁力**―

そこには逃げ道がたくさん見える
迷う余地も選択肢もいっぱいある
だからこそ正直に生きなきゃならない
隠れる場所も用意されてるし
存在を消すことだってできる
だからこそ見つけた答えを大切にしたい
疑うことは簡単だけど　信じるのは難しい
今は信じられるものをまっすぐ信じたい
ずっと信じていたい
そして今日も歩き出す
そのスピードで　その生き方で

　　―東京（前編）―

もっともらしいウソを並べていれば
いつでもここから逃げられる
ここにいることを否定したいのなら
今はそれが似合っていても
言葉は目の前を通り過ぎていくだけ
見えないものはより遠くなるだけ
風が吹かなくても　動かなきゃ
自分の力をただ信じること
それが今ある勇気なのだから

　　―星の影の下で―

ボクはきっとまたカゼをひく
同じ過ちをまた繰り返すだろう
そうしてまた一人取り残される
行き着く先を見失ったままで
8分間の人生劇場に身を委ねて
また底辺へと堕ちていく
この世界にすべての責任を押しつけて
何もかもを忘れたことにして……

　　―使用済廃棄物―

見失うもの　遠くなる幻影
そのすべてに意味を見出す
そして街に疲れていく　この退廃的な
頭上に描いた星を撃ち落として
こぼれた破片を拾い集める
もう一度形づくりたいだけなの
人混みの中で自分らしさを探してる
ここではいつまで経っても　答えなんて見えないよ
一歩踏み出す勇気があれば
きっとこの街は変われると思う
でもこの街は混迷を極めてる
みんな踏み出せないでいるから
その一歩が　もどかしくて

　　―東京（後編）―

溶け出してしまった届かない想いを
みぞれにのせて　キミの手元へ
瞬く間に消えてなくなってしまっても
水のように染みこんでく　存在として

ノン・フィクションなウソをついて
もう一度スタートラインに戻ってみるよ
これ以上寒さで苦しめないためにも

　　　―みぞれの降る夜／CLOSE―

ラヂオから聴こえる懐かしの曲に
思い出して留守番電話に気付く
右足の親指で目覚ましを止めて
カーテンを掻き毟ればもうお昼
パーカーの背を焦がす陽を浴びて
ラヂオの感度が狂う　波が消える
間違い電話の留守電メッセージ
親指は痙攣して　のたうちまわる
カーテンを閉めたくなる
その光が眩しすぎて　今は近づけないから
でもこの晴天の日のために
今は頑張ってる　だいぶ無理して
晴れの日の自分が好きだから
頑張って生きてるこの姿が
だからこそもっと強くならなきゃ
この気持ちに押し潰されないよう

　　―雲を探す日―

後回しの幸せと向き合って
未熟さと虚しさに出会って
色の持つ鮮やかさに気付く
つながらない言葉をいっぱい並べて
役立たない人間が頑張れば
自然と回転が良くなる
どのくらいかわからない時間を計って
つまらない過ごし方で今を無駄にして
空の月と星を全部撃ち落とす
11月の雨に打たれて
12月の別れのように
今そっと消えようと思う
それがただの4年間の幻想で
またゼロからでもいいのかもしれない
誰も知らないどこか遠くへ
存在価値を確かめたくて　ただ
要りますか？　この人間

　―**閉めるとき**―

不器用に今という一瞬を生きて
後悔だらけで死んでいく
疎外感と　虚空感と　劣等感
自分らしさなんて全然なくて
大嫌いな自分に殺されるだけの運命
誰からも必要とされなくて
自分にすら見切りをつけられて
大嫌いな自分に殺されるだけの運命
不器用に今という一瞬を生きて
後悔だらけで死んでいく
誰からも必要とされないから
結局

　　―閉めるとき、その２―

キミニスコシノマヨイガアルノナラ
キミニスコシノトマドイガアルノナラ
キミニスコシノイカリガアルノナラ
キミに少しの涙が残ってるのなら
コレガココデノサイゴノコトバニナル
キミヲウバイタイ

　　―閉めるとき、その３―

右を見ても　左を見ても
そんなところに迷いはないよ
目の前にある現実との距離が
今あるボクのすべて
格好よく人生をふみはずして
心の底から笑いたい
ありったけの優しさをキミにあげて
狂った言葉に支配される心
憂鬱を世界のせいにして
楽して生きる自分を殺したい
一体何を捜しているのだろう？

　　―パニック―

夜の森　オレンジ色の希望
光の中にチャンスを見出せない自分
何にでもすがっていたい気分
少しだけ水色を加えて　毒に染める
つながっていたいのは今だけ？
何もない　何でもいい
キミが本当は誰なのか
もっと知りたいし　もっと近づきたい
とにかく今は　現実に戻りたいだけ

　　―**夢ノナカ**―

切れ目のない言葉を連ねて　もう少し遠くに逃げたい
この世代の背負ってしまった運命と　脱エネルギー
課題はそこらじゅうに落ちている　無理に探さなくとも
幸せというものがあるのなら　何を犠牲にしてでも手に入れる
なのに何故なんだろう　無気力に追いかけるものが多すぎて
手の届く距離が　他の何よりも遠い
そのことにもはや気付かなくなって
足元に光を　暗闇に放火しろ
もう手遅れなのかもしれないね
この世がクソだと言って
今以上に　責任逃れしよう
素敵な日々が訪れるよ　きっと

　　―モダン・エイジ・イズ・ラビッシュ？―

ありきたりの時間の中で　ありきたりの幸せ探して
いつも見る夕日の向こうで　いつもの涙を　もうすこし重ねて
どんな大金でも替えられない　時間がここにはあって
その愛しさも　優しさも　今は上手に感じ取れない
そんな不器用な言葉でも　足元の花は咲く
怖いけど　もう痛くない
底なし沼を泳いでる　たがいの手をとりあって

　　―きっと・つよがり・でも―

何かを見つけたくて
夜道を歩いた
草のニオイを嗅いだ
アスファルトを踏みしめた
月の音を聞いた
濡れた風を浴びた
４本電車を見送った
そう　ボクはまだ生きていた
間違いなく
それだけが確かめたくて　ただ
この瞬間を生きてる自分　今

　　―赤い眼と、赤い星―

愛する人（々）へ
aisuru hito(bito)he

最後の言葉になるとしたらこう言いたい
ボクのことはすべて忘れて欲しいと
積み重ねてきた言葉も　塗り固めてきた数多くの嘘も
あの日交わしたどんなに重大な約束も
そしてボクという存在自体も……
今は何とも言えないけど　もう少しすればキミにも分かると思う
跡形もない現実が
我が愛しの亡霊たちへ　そして愛すべき友へ
本当の自分にまた会える日まで

　　―我が愛しの亡霊たちへ―

そこに何を見つけたの
今揺れながら　振り返る未来
戻る必要なんてないし　ここにい続ける必要もない
ただ進んでいればいいだけ　ほんの小さな幸せだけを供に
今揺れながら　まだ見ぬキミを想ってる
今揺れながら　そこに辿り着きたいとも思ってる
今揺れながら　振り返る未来を
ボクは目を逸らさずに　正面から優しく受け止めるよ
もう苦しく待つのはやめて

　　―**揺れながら**―

泣きたいなら　ここで泣けばいい
怒りたければ　ここで怒ればいい
悲しむなら　ここで悲しめばいい
愚痴るなら　ここで愚痴ればいい
キレるなら　ここでキレればいい
逃げたければ　ここにいればいい
隠れたければ　ここにいればいい
疲れたなら　ここで休めばいい
人前で笑うのが辛くなったのなら

　　―**こここ**―

どんなにムダだとわかっていても　言葉にしたい想いがある
どんなに言おうと思っても　言えなかった言葉がある
自分の中で向き合うことで　すべてを終わらせていた苦さが
まだわずかに残ってる
その痛さに怯え　新しい一歩にもっと怯えてる
何でそんなに人を信じることができないの？
昔の自分に問い掛けられる
信じる存在　いつも一人のはずなのに
いつもいない
見えてない　見られてない
温度差がここにある
そしてここはまた冷たくなってしまう
繰り返す弱さと　信じたい人
そこにいる　それだけなのに
一人で壁を作って　逃げてる
他人のせいにして
伝わらない想いを　伝えないことで
自分を納得させようとしてる自分がいる
遠ざかってるのではないと言われる
ただ自分から身を退いてるだけなんだって
痛かった
でもその通りだった
忙しくして　気持ちを張り詰めていることで
強い自分を演じてる　今は
忘れようとしてる　その大切な存在も

過去のことも　何もかも
満足なんて　一生できないのかもしれない
だってその前に逃げ出しちゃうから
こんな自分が大っ嫌い
でも
まだここに立っていられる
そこにあなたが見えるから
今だけは生きていられる
生きてる実感が存在する
それが届かないとわかっていても

　　　―**生音**―

靴がなくても　裸足で歩ける
今はもう
怪我もするし　血も出る
傷が膿めば　声も出ない
それでも歩く
まだ踏みしめたことのない
大地がそこにあって
まだ感じたことのない
感覚がそこにあるから
まだ歩けると信じてるから
だからボクは靴を脱ぐ

　―踵の眼―

キミといる夜が好きなのは
キミがいる夜が好きなのは
見えないものが多すぎるから
見えるものだけわかるから
お互いののりしろを広げて
胸の痛みを貼り合わせれば
足りない何かがわかるから
ボクらは弱いままでいられる
少しずつ目の前の未来に
利子と熱を積み重ねながら

―ノー・マッチ・ロンガー、サンライトだけ―

明日が晴れるといいなと思います。

ずっと"何となく"でいることが好きでした。
でも、言葉はいつだって本音の一歩手前までしか届きません。
その先は、"感じること"でしか理解できないからです。
"何となく"は、言葉にならない感情です。
謝りたい人がいます。感謝したい人がいます。
でも、敢えて言葉にはしません。

いつでも、結論のない文を書きます。
それは書いている自分自身の中でだけ、読んでいる人の中でだけ
存在し得る結論があるからです。
だから、無意識の中の意識として、言葉足らずにします。
この物語を終わらせるのは、私自身、あなた自身です。

傷つくこと以上に、傷をつけることにナーバスになります。

天気予報は、明日も晴れだと言います。
だからこそ、この雲のない空に、雲を捜すことでしょう。

―あとがき―

著者プロフィール

ぱうろ。

1981年生まれ。男。
今までに経験した引っ越しの回数：5回（2004年現在）
生まれも育ちも日本。
現在、昼は一般人、夜はオンライン詩人。
好きな言葉：Life is not a rehearsal.
目標地点：唯一無二の普通な人。
HP URL：http://www.geocities.co.jp/HeartLand/9053/

スーパーノヴァ的な暮らし。　Where is it going, Supernova?

2004年9月15日　初版第1刷発行

著　者　　ぱうろ。
発行者　　瓜谷 綱延
発行所　　株式会社文芸社
　　　　　〒160-0022　東京都新宿区新宿1-10-1
　　　　　　　　電話 03-5369-3060（編集）
　　　　　　　　　　 03-5369-2299（販売）

印刷所　　東洋経済印刷株式会社

©Paulo 2004 Printed in Japan
乱丁・落丁本はお取り替えいたします。
ISBN4-8355-7949-6 C0092